未能拍成的武俠電影劇本

潘壘 著

總序

# 無擾為靜，單純最美

宋政坤

記得三十年前大二那年暑假，我一個人待在陽明山，窩在學校附近的宿舍裏——避暑、看書、打球，日子過得好不愜意。那時候我瘋狂的迷上讀小說，其中最喜歡且印象最深刻的就是潘壘寫的《魔鬼樹——孽子三部曲》、《靜靜的紅河》（以上皆聯經出版）。那年暑假我糾結在潘壘筆下小說人物的內心世界裏，山與海彷彿都充滿著熱與火，劇情結構好像電影，有鏡頭、有風景，愛恨糾纏，直叫人熱血澎湃。那是我年輕時代裏最美好的一個暑假，此後就再也沒有過。總覺得那年暑假帶走我少年時最後一個夏季！那段山上讀書無憂無慮的日子，在我記憶裏總是如此深刻。

之後幾年，我一直很納悶，像潘壘這樣一位優秀的小說家，怎麼會突然就銷聲匿跡似的，再也不見蹤影？難道他已經江郎才盡？或者他早已「棄文從影」？又或者是重返故鄉，至此消逝於天涯？我抱持這樣的疑惑，直到真正遇見他本人。

那是十年前（二〇〇四年）某天下午，《野風雜誌》創辦人師範先生，很意外地帶著一位看起來精神矍鑠的長輩造訪秀威公司。當他們突然出現在辦公室時，我一時還真有點手無足措，當時我正和幾位同仁開會，小小的辦公室擠不下更多的人，開會的同仁們見狀一哄而散。我一得知坐在師範身旁的就是作家潘壘時，當下真是驚訝到說不出話來，不是矯情，真正是恍然如夢。因為有太多年了，我幾乎再也沒有聽過潘壘的消息；就像已經有太多年了，我幾乎忘掉那一個青春的盛夏！

我們好像連客套的問候都還沒開始，潘壘先生就急著問我是否有可能重新出版他的作品，而且如果能夠的話，他想出版一整套完整的作品全集。我當時才確認，潘壘八〇年代以後再也沒有新作問世。他突然丟出這個難題，我一時竟答不出話來，想到這套作品至少有上百萬字，全部需要重新打字、編校、排版、設計，這無疑將會是一筆龐大的支出，以當時公司草創初期的困窘，我實在沒有太多勇氣敢答應。對於這麼一位曾經在我年輕時十分推崇而著迷的作家，竟是在這樣一個場合下碰面，我實在感到十分難堪。在無力承諾完成託付的當下，我偷偷地瞥他一眼，見他流露出一抹失落的眼神，老實說，我心情非常難過，甚至於有一種羞愧的感覺。這件事、這種遺憾，我很少跟別人說，卻始終一直放在心上，直到去年。

去年，在一次很偶然的機會裏，我得知國家電影資料館即將出版《不枉此生——潘壘回憶錄》（左桂芳編著），秀威公司很榮幸能夠從中協助，在過程中我告訴編輯，希望能夠主動告知潘壘先生，秀威願意替他完成當年未竟的夢想，這次一定會克服困難，不計代價，全力完成《潘壘全集》的重新出版。對我來說，多年的遺憾終能放下，心中真有一股說不出來的喜悅。作為一個曾經熱愛文藝的青年，已屆中年後卻仍有機會為自己敬愛的作家做一些事，這真是一種榮耀，我衷心感謝這樣的機會，這就像是年輕時聽過的優美歌曲，讓它重新有機會在另一個年輕的山谷中幽幽響起，那不正是我們對這個世界的傳承與愛嗎？

最後，我要感謝《潘壘全集》的催生者師範先生，感謝他不斷給予我這後生晚輩的鼓勵與提攜；同時也要感謝《文訊雜誌》社長封德屏女士，感謝她為我們這個時代的文學記憶保存許多珍貴的資料；當然，本全集的執行編輯林泰宏先生，在潘壘生活的安養院裏花了許多時間跟他老人家面對面訪談，多次往返奔波，詳細紀錄溝通，在此一併致謝。

無擾為靜，單純最美。當繁華落盡，我們要珍惜那個沒有虛華、沒有吹捧，最純粹也最靜美的心靈角落。當潘壘的生命來到一個不再被庸俗干擾的安靜之境，當他的作品只緩緩沉澱在讀者單純閱讀的喜悅中，我想，一個不會被忘記的靈魂，無論他的身分是「作家」，或是「導演」，都將永遠活在人們的心中。

謹以此再次向潘壘先生致敬！

二〇一四年八月一日

# 目次

# 九天玄女廟

故事發生在大唐天寶年間

「九天玄女廟」是一部可供閱讀之電影劇本。

一部電影，通常是由若干個描寫場景的『鏡頭』（即書面）組合而成的；鏡頭與鏡頭連接的方法，從技術上說，最常用的不外乎以下這三種基本的形式：

1.CUT：『切』或『割』，劇本上的代號是『C』。C.L.是CUT IN；C.O.是CUT OUT。即上一個鏡頭與下一個鏡頭直接銜接。

2.DISSOLVE：譯為『溶化』或『疊化』，劇本上的代號是『D』。D.I.是DISSOLVE IN，即溶入；D.O.是DISSOLVE OUT即溶出。指上一個鏡頭的畫面漸漸溶化於下一個鏡頭的畫面中而至消失；而下一個鏡頭的畫面則相反的漸漸完全顯現出來。

3.FADE：劇本上的代號是『F』。F.I.是FADE IN即『漸顯』：畫面從黑暗中逐漸顯現出來；F.O.是FADE OUT，即『漸隱』：畫面逐漸隱沒於黑暗中。

# 第一場

景：廣漠的乾河　外景

時：凌晨

人：秦天尉

F.I.

（畫面從黑暗中漸漸顯露出……）

（清澈的溪水流過淺淺的石灘。從石灘邊平靜的水面上，反映出凌晨變幻的天色。一行雁影飛過。然後，漸漸可以聽到野風的嘯叫，這時鏡頭才緩緩的搖起——那是一片極目無際的荒原。）

（翻白的蘆花在風沙中顫動。）

（黯淡的地平線上，湧起一輪紅日。於是，朝霞燃燒起來了。當古箏單調的配樂從幽幽的低訴而陡然撥出一陣急絃，鏡頭急推——）

（馬蹄在淺灘上踏起水花，步伐是平穩的……然後，鏡頭再緩緩的拉開：白衣武士秦天尉騎在這匹白色的駿馬上。他的身上披著一件朱袍，份外刺目。）

（近景：秦天尉是一個美男子，雄姿英發。他在馬上，目光定定的注視著前面，神清凝重。）

（馬蹄……）

（秦天尉的右手按住腰間的劍把，左手執韁。）

（秦天尉的臉部特寫。）C.O.

# 第二場

景：九天玄女廟內外

時：凌晨　接上場

人：秦天尉、周雄

C.I.

（大遠景：在一座形勢嵯峨的山腳下，有一座孤零零的、年久失修的破廟。騎在馬上的秦天尉從鏡頭的背後入鏡，繼續以平穩的向著這座破廟步伐前進……）

（「九天玄女廟」一斑剝的門匾。鏡頭緩緩拉開成廟的全景。片名疊出。這破廟的門樓和院牆，被風雨剝蝕得頹敗不堪：廟門前一側，散亂的豎著一二十塊大小不等的碑碣，螭首龜趺，有些碑文已不可辨，淹沒在叢生的蔓草裡。現在，空寂無人，廟門半開；可以看見門內部份隱壁和殿頂的黃瓦；以及，院牆的一棵火紅的楓樹。）

（片頭字幕在以下的畫面中依次疊出——）

（門樓簷角掛著的風鈴在搖動，發出清越的斷斷續續的響聲。鏡頭的焦點在銹蝕的銅質風鈴上。因為是用遠焦距鏡頭拍攝的，所以其他的部份只見一片殷紅。然後，焦點再轉變到那片殷紅楓葉上。）

（滿畫面的楓葉。）

（其中一片楓葉的大特寫：風過，它離枝飄落……。鏡頭始終跟著這片飄落的楓葉，以每秒九十六格（當然愈多愈好）的速度拍攝。這樣，會使這片落葉在放映時產生一種夢幻的、充滿了悲劇意味的淒艷效果。最後，那片楓葉終於落在青石板的地面上——又被風吹開了……）

（仰攝：楓樹。楓葉滿樹，似火紅。）

（從楓樹頂上向廟堂與廟門之間的庭院俯攝：一片空寂。）

（地面的青石板。落下一片楓葉。半晌，一隻手伸進來拾起楓葉。鏡頭跟著手上的楓葉搖起——那是武士周雄陰鬱的臉。他給人的感覺是冷酷而孤傲，帶點邪惡。他望著手上的楓葉。突然，他聽到甚麼聲音，機警地回頭望。）

（那半掩的廟門。）

（周雄向隱壁那邊走去。他一身渾黑，劍鞘從外面那件黑袍的腰腳露出來。）C.O.

# 第三場

景：廟外的荒原　外景

時：凌晨　接上場

人：秦天尉、周雄

C.I.

（地平線上，紅日耀眼。可以會見朱袍武士秦天尉從前面策馬而來——鏡頭拉開：廟門的門框成剪影。周雄背入鏡，站在門後面向原野望。）

（秦天尉騎馬向廟走來的全景。）

（周雄注視著秦天尉。那雙半瞇著的眼睛，露出令人不寒而慄的凶光。）

C.O.

# 第四場

景：鎮守府大門外　外景

時：昨天上午　日景

人：秦天尉、隨從四人及鎮守府守衛八人

C.I.（秦天尉的臉，堅定而威嚴。鏡頭急拉開——他領著四名隨從，至建築宏偉的鎮守府大門前勒韁下馬，昂然直入鎮守府；那四名隨從，緊跟在他的後面……）

C.O.

# 第五場

景：鎮守府內　內景

時：接上場　日景

人：秦天尉，總管、隨從四人，警衛們

C.I.

（鏡頭以中景橫跟著秦天尉。他入鏡頭守府大門，經前院，入左廊……）

（秦天尉行進的主觀鏡頭：經過的地方，遇見的人都恭敬地讓路，向秦天尉欠身行禮。）

（秦天尉矜持地微微點頭作答，繼續走……）

（在內府的門廊上，警衛森嚴。鬚髮灰白的老總管像是在等候甚麼，隔著小院向通入內府的中門窺望——）

（中門。秦天尉入。在他進入之前，他略回頭示意跟在後面的四名近身侍從止步，然後再跨進中門，穿過小院向內府門走過來……）

（總管急忙笑著迎上。）

總　管：秦參將，路上辛苦了！

秦天尉：（有點矯飾）還好。

總　管：（客氣）請稍待，讓我進去通報！

（總管返身入內府門。）C.O.

# 第六場

景：鎮守府內府花廳　內景

時：接上場　日景

人：歐陽雲杰、總管、中軍、部將甲乙、警衛們

C.I.（總管急入內府花廳。花廳的陳設顯示出這位戍守邊關的大員——遼北節度使歐陽雲杰的氣派。現在，歐陽雲杰正在與兩員部將研究什麼要案，中軍在一旁指著文卷解釋。）

總　管：（趨前）有稟大人，燕關秦參將已經到了！

歐陽雲杰：（有點興奮）哦……好！（想中軍及部將）這樣吧，你們回去再研究研究！

中　　軍：是！

部將甲乙：（同聲）末將告辭！

（歐陽雲杰擺擺手。中軍與部將甲乙退出。）

歐陽雲杰：（起立，向總管吩咐）快去叫他進來！

總　　管：是！（退身——）C.O.

# 第七場

景：鎮守府內（內府門外連小院）　內景

時：接上場　日景

人：秦天尉、總管、周雄、袁剛、王平、中軍、部將甲乙、警衛們

C.I.

（秦天尉站在內府門外，內心激動而略帶疑慮。中軍與部將甲乙出。他們互相含笑欠身作禮。總管跟著出來。）

總　管：秦參將，大人有請！

秦天尉：謝謝總管。（入內府門——）

（全景。鏡頭從曲廊這邊向內府門拍攝：可以看見秦天尉入內府門，總管跟入。接著，黑衣的內府親衛周雄背入鏡，在鏡頭前面站定。鏡頭移轉到他的半側臉——他又妒又恨地盯著內府門。）

（——一隻手突然拍在周雄的肩上。他一怔，轉頭望。）

（周雄的同僚：內府親衛袁剛和王平含著一種調侃意味的輕笑望著他。）

袁　剛：周兄，這一趟，你總該死心了吧！

王　平：（補充）聽說，事情還是夫人親自決定的呢！

周　雄：（裝作有點厭煩）你們在說些甚麼呀？

袁　剛：（冷笑）你是真的不知道，還是裝傻？

周　雄：我裝甚麼傻！

袁　剛：我問你，歐陽大人這次突然將秦天尉從燕關召回來，是為了甚麼？

（周雄不響。王平瞟袁剛一眼。）

袁　剛：（正色）就是為了小姐的婚事！C.O.

# 第八場

景：鎮守府內府花廳　內景

時：接上場　日景

人：秦天尉、歐陽雲杰、歐陽夫人、總管、侍女三人、警衛

C.I.

（秦天尉恭立歐陽節度使的座前。）

歐陽雲杰：（沉肅，注視秦天尉）你同意了？

秦天尉：（急忙施禮）多謝大人栽培。一切請大人做主！

歐陽雲杰：（露出一絲慘澹的笑意）唔……

（侍女扶著歐陽夫人從內堂走出花廳……）

（秦天尉的反應。）

夫　人：（興奮地）你回來啦！

秦天尉：（行禮）拜見夫人！

夫　人：我還以為你明兒才到得了呢。

秦天尉：小的不敢怠慢！

夫　人：你坐，坐下來呀！

秦天尉：是。（但仍然站著。）

夫　人：（轉向節度使）你跟他說啦？

歐陽雲杰：嗯，（點了點頭，但仍憂心忡忡）不過……

夫　人：（馬上接下去）事情就這樣了，你還擔心甚麼！

歐陽雲杰：（有點激動）婉兒不是說，一定要先到甚麼九天玄女廟去求過籤，（秦天尉略抬頭，驚疑——）

歐陽雲杰的聲音：（接著前面的話）才肯答應的嗎？

夫　　人：（寬慰地笑著解釋）噯——女孩子家的話，你怎麼可以認真呢！

歐陽雲杰：（按捺不住，驟起）妳以為她是說著玩兒的？妳想，整整十年，她說不走出房門一步，就真的沒走出過一步——誰『僵』得過她！

（夫人歉仄地向忐忑不安的秦天尉笑笑。）

夫　　人：她的脾氣，我們得依她一點。（叮嚀）待會兒，你就借這個機會進去看看她，問她要準備點甚麼東西？

秦天尉：（有難色）夫人，這——

夫　　人：（用眼色去鼓勵秦天尉）後天，你就護送她到九天玄女廟去一趟！

（秦天尉猶豫不決。）

夫　　人：（催促）去吧，現在就進去。她已經知道這件事情了。

（秦天尉轉眼望節度使。）

歐陽雲杰：去吧！

秦 天 尉：（恭順地）是！小的告退了。

（秦天尉剛轉身，歐陽雲杰叫住他。）

歐陽雲杰：慢著！

（秦天尉止步，轉身。）

（節度使向側廂一擺手。）

（祇見兩名侍女捧著一隻大錦盒從側廂走出來……）

（秦天尉困惑的反應。）

（歐陽夫人含著神秘的微笑。）

歐陽雲杰：替他披上！

（空手的侍女去打開錦盒，將盒內的一件朱袍取出來——）

秦　天　尉：（低喊）啊……（受寵若驚地急忙跪下）——多謝大人恩賜。

（侍女小心地將朱袍披到秦天尉的肩上。）D.O.

# 第九場

景：鎮守府內府水榭　內景

時：接上場　日景

人：歐陽婉兒、秦天尉、小青、魯威

D.I.

（池面一朵半開的紅蓮。）

（特寫：一隻帶著玉手鐲的女人的手伸進一隻被雙手捧著的碧玉盤裡舀水，然後掬著水伸出斜欄外面去，讓水從指縫間滴下……）

（落下的水珠在荷葉上滾動。從水面的倒影中，漸漸看清楚歐陽婉兒那蒼白而愁意深濃的臉。她約莫二十六七歲，很美很美。）

（掌中的水已漏盡，歐陽婉兒的手仍停留在原處不動；她的眼睛失神地凝望著河池。丫環小青捧著碧玉盤站在她的後側——在內府水榭的欄杆旁。）

（池裡，一對凸眼的鳳尾金魚在蓮梗旁游逐……）

（婉兒的臉部大特寫：眼含愁意。）

（那對金魚。）

（漸漸的，她的嘴角隱約流露出一絲笑意……）D.O.

D.I.

（相同的畫面和人物。漸漸的溶化為十年前明艷照人的歐陽婉兒。鏡頭再緩緩拉成中景：她倚在欄杆上俯首望著荷池，幸福地笑著。她的後側，不是小青，而是一個英俊的青衣武士：魯威——他腰上所佩的劍把上精工鑲有一塊碧玉，極為引人注目。）

歐陽婉兒：（真摯）要是我們像這對金魚一樣，

（池中那對金魚。）

歐陽婉兒的聲音：（接下去）無憂無慮的，你說多好！

（魯威靠近她，神色中掠過一層陰影。）

魯　威：（凝重）不，妳是水裡面的金魚，我只是水面上的浮萍而已。

歐陽婉兒：（回頭望魯威，嗔責）你為甚麼總是這樣說！

魯　威：（露出帶點感傷的笑）別忘了，我只是個內府的親衛！

歐陽婉兒：（想制止）魯威！

魯　威：（認真）別說娶妳，就是愛妳，也是罪不可赦的！

歐陽婉兒：我從來不這樣想。（去抓住他按在劍上的手。）

魯　威：（感動）是，我知道！但是那是不可能的！

歐陽婉兒：（靠近他，逃避現實）不要說！魯威，不要說！

魯　威：（深情地）我永生永世會記得，我愛妳，妳愛過我！

歐陽婉兒：（突然想到甚麼）魯威——要是……

（魯威伸出手去捧起她的臉。）

魯　威：（慰解地笑著望著她）妳又要胡思亂想了！

歐陽婉兒：（急辯）不！不是胡思亂想，如果我們——

魯　威：（故意）妳看誰來了！

（歐陽婉兒急轉身——）

（她這突如其來的動作竟將小青手上的碧玉盤撞跌了——）

（碧玉盤在地上碎裂。）

（歐陽婉兒這才驟然醒覺過來。她發現——）

（鏡頭緩緩退，搖向水榭光線暗淡的門廊：她由面向鏡頭變為背向鏡頭。門廊下，站著的是披著朱袍的秦天尉。）

歐陽婉兒：（不敢相信）是你？

秦 天 尉：小姐！

歐陽婉兒：（痛惡地偏開臉）你回來幹甚麼？

秦 天 尉：（沉肅）是大人召我回來的。

歐陽婉兒：（生硬地）他們說我已經答應了？

秦 天 尉：呃——關於小姐要到九天玄女廟上香……

歐陽婉兒：（轉頭望秦天尉，冷峻地截住他的話）你去告訴他們，說我不去了！

秦 天 尉：哦……

歐陽婉兒：就是去，也不需要別人來護送！

秦 天 尉：（關切）可是，乾河這條路不比別的，要是不認識路……

歐陽婉兒：就過不去？就到不了九天玄女廟？是嗎？（她苦澀地笑笑，黯然）是的，那是一條很難很難走的路！

秦　天　尉：只要下一場雨，路就變了！

（歐陽婉兒再抬起眼睛來注視他。）

（秦天尉的反應。）

歐陽婉兒：（有含意地）你，可沒有變！始終是那麼規規矩矩，小小心心的！

（秦天尉有點靦腆地避開她的目光。）

歐陽婉兒：（不放鬆）聽說去年在燕闕，太守的千金看中了你，你拒絕了！

秦　天　尉：（低促地）那是謠言！

歐陽婉兒：（冰冷的聲音）我知道，你在等更好的機會——今天，你以為你等到了？

秦　天　尉：我……

歐陽婉兒：（單刀直入）就算我肯嫁給你，你也只不過娶了一個根本就並不愛你的女人！

秦　天　尉：（愧疚）沒想到，我又讓妳生氣了。

（歐陽婉兒驟然軟弱地扭轉身。）

歐陽婉兒：（抑制地）你出去吧！

秦 天 尉：（遲疑一下，試探）那麼，去上香的事……。

歐陽婉兒：（略頓）好吧，你去準備好了。

秦 天 尉：甚麼時間？

歐陽婉兒：後天。C.O.

# 第十場

景：九天玄女廟外　外景

時：同到現實　凌晨

人：周雄、秦天尉

C.I.

（鏡頭從九天玄女廟前側那片碑林拍過去：可以看見披著朱袍，騎著白馬的秦天尉繼續前進……）

（周雄在那半扇開著的廟門門廊的陰影下面，竦然注視前面。）

（秦天尉的近景。繼續前進……）

C.O.

# 第十一場

景：鎮守府內府水榭外廊及庭院　內景

時：昨天　日景

人：秦天尉、周雄

C.I.

（周雄臉部特寫：他陰鬱地注視前面。半晌，鏡頭再跟著他那緩緩移動的腳步轉搖，略拉開——可以看見前面是水榭的外廊；秦天尉退步出，向水榭內略欠身行禮。然後走出長廊……鏡頭跟著他。他的嘴上露出一種得意的笑容。）

（當秦天尉走下庭院，經過一棵老槐樹時，——周雄從樹後閃出，攔住去路。）

秦天尉：哦，周雄！

周　雄：（乖戾地）秦參將，久違了。

秦天尉：你現在，是內府的親衛？

周　雄：（冷冷地）不錯，那年你升了官，外放燕關，我就補了你的缺，在內府——小姐的身邊走動走動！

秦天尉：（有意味地）這差使倒是挺輕鬆的。

周　雄：對！（作態地）但是沒你在燕關那麼風流快活！

秦天尉：（臉色一沉）你說甚麼？

周　雄：你在那邊的一舉一動，我清清楚楚！

秦天尉：哦——那倒要謝謝你的關心了。

周　雄：我關心的不是你！

秦天尉：（笑了）那不等於狗咬耗子了嗎！

（周雄一咬牙，陡然伸手去揪住秦天尉的衣襟。秦天尉瞬即閃身猛力一撥——）

秦天尉：（聲色俱厲）不要放肆！

周　雄：（獰笑）不錯，還有幾下子！

秦天尉：（痛惡地）你還有甚麼話要說？

周　雄：（擺手作態）——請！

（秦天尉頓了頓，凜然走開……）

（周雄含著邪笑，望著秦天尉的背影——突然摸鏢投出——）

（秦天尉應聲轉身——伸手接住鋼鏢尾上繫著的一小片紅紗。）

（鋼鏢深深的插在廊柱上。）

秦天尉：（望手上的紅紗，平靜地）以後你再出手，可要打得準一點！

周　雄：（乖戾地笑）你放心，我不會隨便出手的，明兒見！（話說完，急返身走。）

（秦天尉怔了一下，到廊柱上拔下那支鋼鏢，然後用手展開那片紅紗——）

（特寫：鋼鏢上的那片紅紗，上寫著：『明晨日出，九天玄女廟候駕』）C.O.

# 第十二場

景：九天玄女廟外　外景

時：回到現實　凌晨

人：秦天尉、周雄

C.I.

（秦天尉騎馬至九天玄女廟前，下馬。他望望——）

（廟門。門半掩。）

（秦天尉向四週打量一下，然後將馬繫在廟側的石柱上。再按劍入廟門……）

C.O.

# 第十三場

景：九天玄女廟內　內景

時：接上場　晨

人：秦天尉、周雄、魯威

C.I.

（俯攝全景：畫面的右角，有一棵楓樹。鏡頭的焦點從那血紅的楓葉變到那空寂的廟院上。可以看見秦天尉轉過隱壁，走到院子的中央停下腳步。）

（秦天尉機警地環視四周——）

（廟堂正面：外廊左右有兩隻和這座廟一樣古老的鐘鼓，那八扇被香火薰黑的格子門關著！鏡頭右搖：右面的院牆有十八羅漢的浮雕；再向左搖，那邊的院牆有一個拱門。）

（秦天尉謹慎地向拱門走過去……）

（拱門外。鏡頭從側院的水井向拱門反拍過去：秦天尉正從廟院走向拱門。在拱門向外左右探望，然後再返身——）

（他返身走向隱壁前那隻青銅鑄造的，比人還高的大爐鼎。那棵老楓樹就在右邊的院角。他攀頭望望楓樹的頂，下意識地摸摸爐鼎。然後，他以一種疑慮的心情回頭望廟堂。）

（廟堂。一片靜寂。）

（秦天尉決心走過去……）

（他走上石階，腳步發出清越的迴響。他停止在格子門前。）

（他伸手去試探——門是虛掩的。於是他小心地先從格子門的空隙向內窺望，才去推開格子門——）

（從光線黝暗的神殿內向格子門反拍出去：門開。由於神殿內外光線明暗的對比使秦天尉背光的身體成為剪影。全景。）

（特寫。秦天尉的臉：他向神殿望——）

（神殿。正中是一座三層花髹金的神壇；外面的帷幕和幡帶已經朽爛不堪，但仍約略讓人看出往昔的光彩。長貢桌上香爐燭台等法器，蒙著一層厚厚的灰塵，可見這破廟的香火不盛。）

（秦天尉忽然注意到——）

（貢桌上鋪掛的那張破爛的、用金銀絲線織綉的桌帷下擺動了一下。旁邊的方形地磚靠近桌腳的地方，擺著一隻小燭台和一隻錫酒壺。）

（秦天尉隨即機警地一手按劍，向貢桌走去……）

周雄的聲音：我在這兒吶！

（秦天尉急返身竄出格子門——）

（周雄從那棵樹身有兩尺粗的老楓樹背後走出來。）

（秦天尉的反應。）

周　雄：（冷笑）用不著那麼緊張！

秦天尉：（走下石階）你總是那麼鬼鬼祟祟的！

周　雄：（坦然）這是天性，我周雄天生下來就不是一個光明磊落的人——你呢？

秦天尉：你約我來幹甚麼？

周　雄：這就證明你是個偽君子！你心裏明明有數，而嘴上偏偏要問！

秦天尉：（平靜）找我決鬥？

周　雄：（低促地）不錯！

秦天尉：（正色）難道你一定要逼我殺了你，你才甘休？

周　雄：兩年前你沒殺我，你就已經失策了！（乖戾地）今天，你休想活著走出這個廟！

秦天尉：（泰然）這樣說，我是非要奉陪不可了？

周　雄：（臉色一沉，隨手一拉帶子，摔掉身上的黑袍）——來吧！（嗍的一聲，劍已出鞘。）

秦天尉：（仍然不動）你真是太幼稚了！

周　雄：少廢話，出手！

秦天尉：（仍然那麼平靜）你以為，只要殺了我，你就有機會得到小姐？

周　雄：你，只猜對了一半。（真誠地）我承認，我愛她，但是我並不是要得到她——也不能讓一個並不真心愛她的人得到她！

秦天尉：（笑了）哦……（認真）那你又怎麼知道，我不是真心愛她的呢？

周　雄：這個，你應該比我更明白——你騙得了自己嗎？

（秦天尉沉吟半晌，手摸袍帶。）

周　雄：（緩緩舉劍）我看你還是拔劍吧！

（秦天尉定定的注視著周雄。）

（周雄的反應——他的劍鋒穩得像被釘死在這種凝重的空氣中。）

秦天尉：（終於下定決心，放下那摸著領口袍帶的手）對不起，我失陪了！（轉身走。）

（周雄急向前一縱——）

（秦天尉閃身。周雄的劍攔住他。他的右手在劍把上一提——）

（周雄隨即退開，劍尖仍對著已將劍抽出一半的秦天尉。）

周　雄：（獰惡地）我們從一起進鎮守府開始，同事那麼多年，你應該知道我的脾氣，今天你不拔劍，是出不去的！

秦天尉：（倨傲而鎮定）周雄，聽我勸你一句——你不是我的對手！

周　雄：那是兩年前的事——請吧！

秦天尉：（輕笑）聽說你練了一套甚麼『六十四式旋風劍』，是不是？

周　雄：你馬上就可以看到了！

秦天尉：（點了點頭）好，我來領教！（他剛伸手去扯袍帶——）

（周雄機警地退後一步。秦天尉的手頓了頓，才開始脫下那件像血一樣紅得刺眼的袍子，要找一個將袍子掛起來的地方……）

（周雄摸腰帶，隨手一揮——）

（鋼鏢打在神殿外的廊柱上。）

（秦天尉警戒地回頭。）

周　雄：（鄙夷地）掛起來吧，別把這件袍子給弄髒了！

（秦天尉顯然被周雄這句話激惱了。他的臉色一沉，連忙過去將袍子掛在鋼鏢上。）

（周雄趁著這個機會，縱身一劍刺去——）

（秦天尉亦已算準了周雄會有此一著，所以當袍子剛一搭上，劍已隨著轉身的勁兒脫鞘橫掃過來——）

（周雄被震退幾步。）

（秦天尉劍勢一轉，主動的向周雄殺過去——於是，他們開始打起來……突然——）

一個重濁的聲音：慢著慢著！

（秦天尉和周雄同時住手，循聲向神殿那個方向望。）

（祇見一個滿臉于思，衣衫襤褸的中年漢子——魯威，正從神殿的格子門內出來。）

（秦天尉和周雄的反應。）

魯　威：（霎著朦朧的睡眼）你們老清八早的在這兒鬧甚麼呀！

周　雄：（搶前一步，以劍止住正要走下石階的魯威）站住——你是誰？

魯　威：（根本不理會周雄的劍。他打著呵欠，搔搔鬍子，有點不大高興地嚷嚷起來）這就怪了！你們到我這個地方來鬧，我還沒開口問你們是誰，你倒先問起我來了！

秦天尉：（歉然）呃……

周　雄：（劍尖毫不放鬆地在魯威的胸前一頂）你是誰？

（魯威望望胸口上的劍，再望望他們。）

魯　威：（抑制）好，我告訴你們——在下就是本廟的廟祝。

周　雄：（不大相信）這破廟還有廟祝？

魯　威：（不以為然地將臉一偏）呃——朋友，別小看這破廟，菩薩倒是靈得很吶！（有點興奮起來）這個月份呀，是淡月；天后誕那一陣子呀，這個來，那個去，單單是貢酒，我喝到現在還沒喝完哪！

（這兩個決鬥的人不響，瞪著他。）

魯　威：（發覺）你們不信？好，我進去拿給你們噌噌！

周　雄：（惡聲）不必了！

魯　威：（又嘮叨下去）說了你們也不信。比方，觀音誕，送子娘娘……

周　雄：（打斷他的話）——呃呃，你有完沒完呀！

秦天尉：（謙和地解釋）請您別見怪。老先生，我們是……

魯　威：（眉頭一皺）老先生？呢——我只不過沒刮鬍子就是了！

周　雄：（不耐煩）你進去還是不進去？

秦天尉：我們有點事兒要解決，我看您還是委屈一下……

魯　威：（又熱心起來）呃——天下間哪兒有甚麼大不了的事兒，非要拚個你死我活才能解決的？（索性好人做到底，要走下來勸）我呀，比你們二位虛長幾歲……

（周雄因為魯威走下台階，不得不持劍後退。）

周　雄：（驟然再將劍頂緊，厲聲）站住！要命，你就少管我們的閒事！

魯　威：（緩緩吸入一口氣，沉鬱地）你真的以為我想管呀？要是你們不在我的廟裡，我才懶得管呢——其實呀，我這個人就有這個毛病……

周　雄：（一咬牙）你真是活得不耐煩了！（揮劍就斬——）

（秦天尉急以劍擋——而在這間不容髮之際，魯威竟然紋風不動。）

（秦天尉對於魯威這種出人意表的鎮定感到困惑。）

（周雄忿然緩緩收劍。）

（魯威挺立著。目光灼灼。）

秦天尉：（打圓場）朋友，你還是進去吧。

（魯威沉肅地凝視周雄。）

周　雄：（威脅）你真的不走？

魯　威：（冷冷一笑）好，我走，我走。（返身——）

（魯威返身再走上石階，向神殿走。秦天尉退回庭中，而周雄仍一腳踏在石階上，瞪著魯威。）

（魯威入神殿之前，像是又想起了甚麼似的回轉身。）

魯　威：對了，剛才你們不是說，是為了一位甚麼小姐——

（秦天尉和周雄的反應。）

魯　威：（發覺自己又在多嘴，於是自嘲地搔搔鬍子）嗯，我又忘了！（進殿，將門掩上。）

（周雄轉身——）

（魯威突然又把那兩扇格子門打開——）

（周雄機警地回轉身體——）

魯　威：（客客氣氣地）我還沒睡夠，請你們二位聲音小一點，完事了，沒死的請幫
　　個忙！

魯威的聲音：替我把屍首拖到廟後邊去！
　　（周雄和秦天尉的反應。）

魯　威：有空了，我再挖個坑埋。
　　（這次，魯威真的進去了。半晌，決鬥的人才回到庭中對立。）

周　雄：（擺出一個姿勢）——請！
　　（殿堂內：魯威在已掩好的格子門前頓了一下，像是有一個甚麼奇怪的思
　　想在困擾著他。然後，他再走到貢壇旁，用腳一撩，接住桌帷，一斜身
　　便鑽進貢桌下面去。）
　　（那就是魯威寄身的『窩』。他舒坦地躺下來。外面斷斷繼繼的傳來利劍
　　碰擊的響聲，他眉頭一皺，伸手——到長案上去——取：那是一根外面

被編織的草套套著的東西。鏡頭推近草套一端露出來的地方，成大特寫。那是劍柄。）

（庭中。秦天尉和周雄過了幾招，又退開對峙著——）

（周雄輕移腳步……）

（秦天尉鎮定的神色。）

（周雄手持的劍——劍式緩緩轉變成另一種姿勢……）

（秦天尉已看出對方的意圖。）

周　雄：（突然一聲斷喝）嘿嘿——

（這個鏡頭以比正常速度慢一倍的『快格』拍攝。將來在印片時再將每格印成三格，使這個慢鏡頭頭在動作上產生一頓一頓的特殊感覺。鏡頭的內容是：周雄以連續六十四招旋風劍法，像狂風暴雨般纏住對手砍殺，每一招式，都落在險處；同時也表現出秦天尉矯健的身手，化險破危。

只見劍光四射，殺氣冲天。最後，秦天尉身形一縮，劍鋒一捲，斜著連滾帶掃——）

（噹的一聲，周雄踉蹌地被震退七八步……）

（秦天尉仍保持著原來的劍式不動，半跪著。）

（周雄緩緩再站穩——左襟已被劃破。）

（秦天尉雖然氣勢不凡，但，已經有點氣喘了……）

（周雄氣息平定，露出一絲得意的笑容。）

（秦天尉緩緩半回過臉來。）

秦天尉：（用眼梢睨望周雄）周雄我們不用再打下去了吧！

周　雄：（冷笑一笑）你以為你已經贏啦？

（秦天尉站起來，面對周雄。）

秦天尉：不錯，你這套旋風劍法，的確到了火候，但是要想贏我……

周　雄：（胸有成竹）不見得吧！（狡黠地）講劍術，我是不如你。不過，你也有不如我的地方呀！

（秦天尉困惑地皺眉……）

周　雄：（故意去點穿它）你瞧，才那麼一下下，你已經喘成個甚麼樣兒！

（秦天尉一怔。呼吸驟然更加緊促起來。）

周　雄：（邪笑）女人玩多了，是不是？

秦天尉：（低促地）你——

周　雄：像你長得那麼英俊，又是節度使身邊最得寵的愛將，燕關漂亮的女人，不一個個自己送上來才怪！

秦天尉：（老羞成怒）好，既然然你不領情——來吧！

周　雄：我就知道你非要上當不可的！

秦天尉：（激動）——看劍！

（周雄急忙退開，伸手制止。）

周　雄：呃呃呃——慢著，要打，有人陪你打！不是我。

（秦天尉下意識地回頭望廟堂。廟堂毫無動靜。他再回轉頭來瞠視表現得極其輕鬆的周雄。）

周　雄：（陰詐地）我要先讓你使完了勁兒，等到你累得連劍都舉不起來的時候，我才來收拾你！

（秦天尉更感困惑。）

（周雄拍了拍手掌——）

（兩邊院牆頂上，同時跳下四名蒙面的黑衣劍手。）

（秦天尉一驚。）

（那四名劍手已將秦天尉圍住。）

周　雄：（狂笑起來）秦參將，我沒騙你吧！

秦天尉：（力持鎮定，凜然）好——來吧！

周　雄：（退後兩步，一擺手）請！

（於是，這四名劍手蜂擁而上，圍著秦天尉纏鬥起來……）

（周雄始終站在一旁觀戰，不動聲色。）

（四名劍手雖勇，但到底不是秦天尉的對手，不消幾個回合，便死於秦天尉的劍下。）

（周雄又拍了兩下手掌——）

（秦天尉驚覺——）

（這次從牆頭跳下來的，竟有十二名劍手。）

（秦天尉開始感覺到事態嚴重了。）

（周雄的嘴角，露出他那種特有的，冷酷而邪惡的輕笑。）

周　雄：（捉弄地）別客氣呀！

（當那十二個劍手正要圍殺秦天尉時——）

魯威的聲音：（厲聲大吼）住手！

（他們同時回頭望殿堂——）

（魯威猛力拉開格子門，急急地從神殿內大步跨出來。現在，他手上抓著一把帶鞘的長劍。）

（秦天尉驚異的反應。）

周　雄：（痛惡地衝前一步）——你！

（魯威凜然走下石階，劍手們畏怯地向兩旁退開。他在階前停步。）

魯　威：（威嚴地）本來你們要死要活，都與我無關！可是一羣人打一個，我就非要管管不可了——否則，我還配拿這把劍嗎！

周　雄：（咬牙切齒）你這個混帳傢伙！

魯　威：（向一直在注視著他的秦天尉，勉勵地）兄弟，我在你這一邊！（然後轉身向周雄）來，我來陪你們玩玩！

（周雄一聲怪叫，直撲魯威；劍手們跟著動手圍殺秦天尉和魯威二人。於是，在眾寡懸殊的情勢之下，雙方展開一場惡鬥……）

（秦天尉愈戰愈勇……）

（魯威始終劍不出鞘，他只是非常技巧地替秦天尉解除周雄的威脅，或者使劍手們失誤而錯殺自己的人；周雄眼看情勢不妙，連忙捨魯威而去對付秦天尉……）

（最後一名劍手倒下——）

（周雄悚然退向爐鼎那邊……）

（魯威一收劍，站直身體。）

魯　威：（爽朗地）好啦！現在沒我的事了！（笑笑）你們一個對一個，愛怎麼打就怎麼打！

（周雄眼睛一亮，他發現——）

（秦天尉疲乏地喘息著。）

（周雄趁著這個機會，馬上揮劍直刺秦天尉。他們纏鬥幾個回合，秦天尉顯然因體力不繼而漸處劣勢……）

（在一旁觀戰的魯威在為秦天尉擔心。）

（兩招一過，鏘的一聲他們的劍交架著，雙方在比臂力——邪惡的笑意又從周雄的唇角流露出來了……）

（秦天尉緊咬著牙，臉上的肌肉在抽搐……）

（魯威焦急的反應。）

（周雄突猛力一推——秦天尉倒退，被地上劍手的屍體絆倒——）

（周雄乘勢直刺——）

（秦天尉急翻滾，避過劍鋒，隨即挺身躍起——）

（就在這一瞬間，周雄把握住機會，反身向尚未落定的秦天尉砍去——）

（秦天尉急閃。但右臂已被對方的劍鋒劃傷。）

魯　威：（急忙舉手大叫）慢著！慢著！

（周雄分了心，停下手望。魯威向他們走過去。）

周　雄：（遷怒）你又要耍甚麼花樣？

魯　威：（指地上的屍體，表示好心）這樣，你們打也打不舒服呀！來，（自己先動手）反正遲早都要抬走的！咱們先把這些傢伙抬到廟後邊去！把地方騰出來。

（周雄與秦天尉互相望一眼。）

魯　威：（已經拖起一個）來呀！

（秦天尉放下劍，開始動手。但周雄卻屹立不動。他瞪著魯威，像是早已猜透了魯威的真正意圖。他想發作，但對這個莫測高深的傢伙，他又不得不有黯顧忌。）

魯　威：（故意將那屍體一丟，向周雄發難）怎麼，你不高興？這些傢伙不都是你帶來的嗎？

（秦天尉停下手，望他們——）

（周雄終於無可奈何地將劍擱在一邊，幫著將那些屍體拖到拱門那邊去……）C.O.

# 第十四場

景：廣漠的乾河　外景

時：接上場　日景

人：小青、老婆子、轎伕八人、挑伕一人

C.I.

（蘆花在風中搖晃的特寫。鏡頭的焦點轉變到——使荒原的景色清晰起來。可以看見很遠很遠的地方，有一頂轎子，由四個轎伕抬著走；轎子後面，跟著一個侍女，一個挽著籃子的老婆子和一名挑伕。還有四個替換的轎伕走在最後面……）

C.O.

# 第十五場

景：九天玄女廟內　內景

時：接上場　日景

人：秦天尉、周雄、魯威

C.I.（他們三人仍在抬屍體……）

（魯威特意將這十幾個已死去的劍手們排成一列，停放在水井右側的牆邊。）

魯威：（在含糊地數屍體的數目）二、四、六、八、十、十二、十四——十五！（望拱門）哦！（周雄拖著最後一個進拱門。秦天尉已經在水井邊提水洗手。）

魯威：（故意向著那些屍體說）好，齊了——我說哥兒們，寃有頭債有主，晚上你們可別來找我的麻煩呀！

（周雄沉鬱地瞟魯威一眼，轉身返入拱門。）

（秦天尉和魯威又回到廟院中。現在，院子顯得空闊起來了，只是地上仍血漬斑斑，三人都顯得有點疲憊。）

魯威：（在石階上坐下）你們也歇一歇吧！要死，也不忙著這兩個時辰呀！

（周雄心裡雖然不痛快，也只好靠坐在隔魯威不遠的右邊階台上。等到秦天尉在左角的階石上坐下之後，魯威忍不住要笑。他瞟左邊的秦天尉——）

（秦天尉蹙著眉頭在喘息，用手去按住右臂上的傷。）

（魯威再回過頭去望右邊的周雄——）

（周雄深深的在吐著氣。他發覺魯威在望他。又避開他的目光。）

（魯威終於笑出聲音來了……）

（他們二人同時回過頭來望魯威。）

魯威：（苦笑）要死要活，只為了一個女人！真是太滑稽了！（他開始陷入回憶中，變得傷感起來）跟你們一樣，那一年，我也是為了一個女人——一個很美很美的女人！

（秦天尉下意識地站起來，向魯威走近幾步，再坐下。眼睛仍望著魯威。）

（周雄的眼睛也跟著專注地半瞇起來。）

魯威：（定定的凝望著前面一個不可測知的地方，用一種低沉的聲調繼續說）那個時候，也跟你們一樣，我是將府裡面的武士——得不到主公賞識的武士！

（從魯威說話開始，鏡頭就逐漸推向他：由中景至特寫。最後，搖到他拄著的劍把上——鑲有一塊碧玉。那是我們在歐陽婉兒的回憶中看見過的。然後，鏡頭再很快的搖起：魯威的臉。現在，我們認出魯威就是那個英俊的青衣武士了。）

魯威：（沉痛地）但是，很不幸，我竟然愛上了主公的女兒！而更不幸的，是那位小姐，也愛我！C.O.

# 第十六場

景：鎮守府內府水榭　內景

時：十年前　日景

人：歐陽婉兒、魯威、丫環、歐陽雲杰、武士甲

C.I.

（歐陽婉兒轉過臉來——）

歐陽婉兒：（嬌嗔）你總是這樣捉弄人家！

（畫面又回復到十年前——歐陽婉兒回憶裡的那個場面：那個時侯，她在水樹的斜欄邊。英俊的魯威站在她的前面。）

魯　威：（深摯地）小姐！

（歐陽婉兒故意賭氣地擰開頭。）

魯　威：（露笑，輕聲）——婉兒！

歐陽婉兒：（忍不往笑了。然後，她試探地）如果，我將我們的事，告訴我娘。

魯　威：（惶駭地打斷她的話）你千萬不要這樣做！

歐陽婉兒：（臉上掠過一層陰影，半自語）如果，不是你，我不嫁呢？

魯　威：（為難）妳……

歐陽婉兒：（抬頭，深情地注視著他，認真地）你會不會，也終生不娶，等我？

魯　威：啊……（驟然激動地緊緊的抱住她，痛苦地低喊）——婉兒！婉兒！

（丫環驚惶地奔進水榭——）

丫　環：（警告）小姐！小姐！

（魯威與歐陽婉兒回轉頭——）

（歐陽雲杰已經出現在水榭的廊下——急推鏡：他吃驚地瞪著他們。留著山羊鬍的武士甲站在後面。）

魯　威：（惶亂）呃——（下意識地將手收回。）

（然後急忙向歐陽雲杰走過去，躬身行禮。）

魯　威：（恭謹地）大人！

歐陽婉兒：（站起，畏怯地垂下頭）爹！

歐陽雲杰：（乾咳一下，故作平淡地望仍低著頭的魯威）我正要找你！

魯　威：是。

歐陽雲杰：（冰冷的聲音）雁門關剛好有一個的缺。這是個好機會，我想派你去！

魯　威：謝大人栽培！C.O.

# 第十七場

景：九天玄女廟內　內景

時：回到現實　日景

人：魯威、秦天尉、周雄

C.I.（秦天尉蹙起眉頭。）

秦天尉：結果你走了？

魯　威：（點了點頭）嗯，走了！

（周雄有點不耐煩地撇開頭。）

秦天尉：那麼，後來那位小姐呢？

魯　威：（帶點嘲弄意味地哼了一下）她？當然是嫁人了——我真傻！

（周雄回過頭來——）

（秦天尉注視著魯威的臉，等待他說下去。）

魯　威：（微微激動起來）甚麼海誓山盟！愛！都是假的！（像是要想向他們證明點甚麼，急促地）就是因為我當時不肯帶她私奔，她竟然向我報復！

秦天尉：報復？

魯　威：我也沒想到！結果，在我走馬上任的時候……C.O.

# 第十八場

景：山谷林間　外景

時：十年前　日景

人：魯威、隨從二人、侍衛四人、武士甲及伏擊者二十餘人

C.I.

（魯威帶著兩名隨從、四名侍衛以及幾匹馱馬在山谷間的便道經過……）

（一雙淩厲的眼睛，右手緊貼著臉頰，抓著箭尾的羽簇。鏡頭的焦點再變到銳利的，意味著死亡的箭頭上。）

（俯攝：魯威一行在山谷間行進……）

（鏡頭微仰攝：行列入鏡經過……）

（箭手發射——）

（馬匹中箭，跳起前蹄嘶叫——魯威翻跌下馬。）

（林間竄出一羣刀手。向他們撲殺……）

（魯威急起與隨從等倉卒迎戰。這羣狙擊刀手是由蒙面的武士甲帶領，一場廝殺，死亡枕藉，最後，只剩下魯威一人。）

魯威：（殺得性起，一聲狂吼）嘿嘿——

（魯威奮殲這羣狙擊者的主觀鏡頭：攝影機始終跟著上下左右移動拍攝。當他以連續而快速的動作殺死五六名刀手之後，衝出重圍，奔，再猛然回頭，一邊打一邊退，跌倒，再起，旋轉——圍在前面的幾名刀手倒；現在只剩下蒙面的武士甲和一名刀手。）

（魯威已經受傷了，他再鼓起餘勇衝上去——）

（幾個過招動作的短鏡頭。）

（最後的一名刀手的臉退入鏡頭：從他的左眉至右唇角之間，被劃出一道血痕。）

（這名刀手仰倒。魯威一劍直戳入那蒙面者的胸膛，他的左手隨即將他的面罩一扯——赫然是留著山羊鬍的武士甲。）C.O.

# 第十九場

景：九女廟內　內景

時：回到現實　日景

人：魯威、秦天尉、周雄

C.I.（鏡頭從魯威的臉拉開：秦天尉和周雄在專注地聽他說下去。）

魯　威：（感慨）發現了這個秘密，我當然不敢去上任，帶著傷，我只好東躲西藏地離開塞北，遠走中州！

（秦天尉的反應：表示同情。）

（而周雄，卻以一種類乎輕蔑的目光斜睨著魯威。）

魯　威：（黯然摸摸臉上的翳髭，望天）唔，看樣子待會兒會有暴雨。

（插入鏡頭：天上烏雲密佈，有山雨欲來之勢。）

秦天尉：（以慰解的口吻）那你也不可以認為，這是那位小姐對你的報復呀！

魯　威：（苦澀地笑笑，再下意識地輕撫橫在膝上的劍）愛，和恨，就像劍鋒的兩面，都是那麼銳利，都可以傷人的！

周　雄：（終於開口了，像是在詰問）那你又跑回來幹甚麼？

魯　威：（注視周雄一陣，才真摯地說）這就是我一定要你們聽完了這個故事再打的原因！（於是他站起來，走下石階……）C.O.

# 第二十場

景：中州某縣街市　外景

時：七、八年前　日景

人：魯威

C.I.

（鏡頭跟著魯威的腳，走下石階，緩緩拉開成全景：他又回到七、八年前那個逃亡的日子裡。現在，他在熙來攘往的街道上茫然四顧；他滿臉于思，腋下的劍掩藏在一隻編織成的草套裡面。然後，他開始向前走去。鏡頭始終在他的背後跟著……）

魯威的聲音：從此，我東藏西躲，到處流浪好像天下雖大，卻找不到一個可以讓我暫且容身的地方！C.O.

# 第二十一場

景：大宅門廊下　外景
時：二、三年後　晨
人：魯威、司閽

C.I.（屋簷下。建築在樑柱間的一隻鳥巢，母鳥站在巢邊，幾隻小鳥在吱吱喳喳的叫著。）
（魯威以羨慕的眼光向上凝望。鏡頭拉開，他頭髮散亂，衣衫襤褸，樣子比以前更為狼狽。現在，他抱膝靠坐在大宅門廊下的牆角。門開，一個司閽漢子走出來，發現他，於是厭惡地將他攆走……）

（魯威抱著他的『劍』，被那漢子用粗暴的動作推開。他踣踉幾步，回頭，但終於強忍地離開……）

（魯威面對著鏡頭向前走，鏡頭跟退——他的面容顯得更加憔悴蒼老。突然，他被一個思想擒捉住，於是停下腳步，低下頭去望被自己雙手緊抱著的劍——）

（他顫著手去撫摸那從草套露出的部份——那塊鑲在柄端的碧玉。）

（魯威悽痛的反應。）C.O.

# 第二十二場

景：當舖內外（連街道） 外實景

時：接上場 日景

人：魯威、當舖朝奉、司閽、捕快、捕卒八人、羣眾

C.I.

（劍從草套內抽出，放到當鋪高高的，被細木條格子攔開的櫃台上。）

（老朝奉望案上的劍，再伸出頭去瞟——）

（魯威靦腆地避開老朝奉的目光，略低下頭。）

老朝奉：（將劍拔開幾寸，再回鞘，疑惑地）這把劍是你閣下的嗎？

魯　威：（悻悻地揚頭）當然是我的！
老朝奉：（假笑）嗯，閣下是——
魯　威：（忿懣）你管我是誰！難道這把劍不值錢？
老朝奉：（急忙陪笑臉）值！值！不知道閣下要當多少？
魯　威：（低促地）我要賣掉！
老朝奉：（不敢相信）賣掉？（再望了望劍）那麼好的一把劍你要賣掉？
魯　威：（堅決）不錯！帶在身邊，反而是個累贅！（有意味地，像是在對自己說）我以後，再也不會用它了！
老朝奉：啊……（發現甚麼——）
（魯威機警地急轉頭——）
（門外：捕快帶著八個捕卒已圍住當舖。那個去告密的司閽站在一邊。）
捕　快：魯威！出來吧！

（魯威急從老朝奉的手中奪回他的劍——）

捕　快：（捕快等人退開幾步。魯威一掀當鋪的布簾，衝出。）

（嘴硬心虛）你還是乖乖的跟我回去歸案吧！你躲不掉的！

魯　威：（惱怒）他們還不肯放過我？

捕　快：你有什麼冤屈，回去再申訴吧！

魯　威：回去？（他驟然激動起來，以撕裂的聲音宣示）對！我要回去，但不是這樣回去！（他把劍舉起來，向他們警告）——你們最好不要惹我！

（於是，他昂然對著他們大步走過去。捕快與捕卒們跟著惶駭地向後退，但仍圍住他。街上的人奔避……）

捕　快：（色厲內荏）不許走！（向左右）——上！

（他們終於廝殺起來……）

（這些人當然不是魯威的對手，三幾下功夫，全伏屍在街道上。那些本來躲在四周看熱鬧的人，當魯威收劍時，嚇得東躲西藏……）

（鏡頭急推近魯威的臉——他望手中的劍，清醒過來，惶然四顧。）

魯威的聲音：我知道，我不能再逃了！我要回去！

（他變得堅定起來。）

魯威的聲音：我一定要回去！我要報復！我要報復！

（於是，他轉身向後奔逃……）

C.O.

# 第二十三場

景：郊野雜景　外景

時：晨至暮

人：魯威

C.I.

（郊野。魯威向著鏡頭奔跑——鏡頭以同等速度跟退……）

（他踏在泥濘的路上奔跑的腳步——鏡頭跟推……）

（大遠景：彩霞滿天。魯威的身影在地平線上由右邊畫面向左奔跑。鏡頭緩緩的向他推近……）

D.O.

魯威的聲音：我一定要回去！我要報復！我要報復！（於是，他轉身向後奔逃……）C.O.

D.I.

（經過長途跋涉，魯威已不成人形：他膚唇乾裂，疲憊不堪，像煉獄裡的鬼魂一樣；但他仍勉力在烈日烤灸的荒野前進……）

（特寫：他的臉。那雙深陷的眼睛內燃燒著一種類乎獸性的兇光……）

（他的腳在石路上拖著……在小溪邊停下來，水面上反映出他那鬼魅似的身影。他跪下，掬水狂飲——忽然，驟雨落下。他仰著臉，閉著眼睛，讓大粒的雨點打在自己那孕滿了仇恨和痛苦的臉上。）

（半晌，他再起立，仍仰著臉，在暴雨中繼續蹣跚而行……）

D.O.

# 第二十四場

景：九天玄女廟外　外景

時：去年的一個夜晚

人：魯威

D.I.

（夜，風雨未止。魯威蹒跚而行的主觀鏡頭。最初，我們看不清這個環境；直至在搖晃的畫面中出現了『九天玄女廟』的門匾。他的腳步停住了，可以感覺出他那急促的呼吸，然後，他發狂地向廟門奔跑過去……）

（魯威的手撲扶著廟門——閃電、滾雷。他露出一種醜陋怪異的笑意，躑躅地跑進去……）C.O.

# 第二十五場

景：九天玄女廟內　內景
時：接上場　雨夜（轉日景）
人：魯威、進香男女數人

C.I.
（魯威入，身體歪歪斜斜地跨過院子，向廟堂奔過去。當他的腳步踏上石階時，終於力竭地癱倒在神殿門廊外的石階上。鏡頭緩緩推近他的臉。雷雨交加，可以看見魯威的雙目緊閉，像已經死去一樣。）

（插入鏡頭：日出，佔了大半個畫面，使人產生不真實的感覺。）

（一隻青色的尺蠖虫在爬行的大特寫：它一伸一縮地前進……鏡頭的焦點急變——那是魯威側臥的半張臉。他甦醒了。發現——鏡頭跟著略拉開成近景：這時我們才發現：原來那隻尺蠖虫是在魯威橫放的手臂上爬行。他的眼睛困惑地定定的望著尺蠖虫，然後，開始緩緩的轉頭向上望——）

（仰攝：廟廊的屋簷。搖鏡——那棵火紅的楓樹的樹頂。輕風過，發出悅耳的響聲……）

（魯威的臉。）

（一片離枝落下的楓葉，緩慢地，以一種舞蹈的姿態飄搖而落……）

（全景：鏡頭平地面從銅爐鼎這邊向廟堂拍攝：那片楓葉在鏡頭的前面落下。現往，魯威緩緩的支起身體，站起來，詫異地環顧四週……）

（他的內心中驟然充滿了寧靜的喜悅，嘴角露出一絲重拾幸福的笑意。）

魯威的聲音：（抒緩而真誠）我突然，好像在一個又長又可怕的噩夢裡甦醒過來。我第一次發現，這個世界本來就那麼安詳、那麼美！

（魯威背入鏡，略推開那半扇廟門——初起的陽光突然耀滿了整個畫面。）

（他連忙瞇起眼睛，伸手去遮住向他直射的陽光。）

魯威的聲音：突然，我的心給照亮了：甚麼功名，富貴，情愛，恩怨，現在都變得毫無意義了！

（魯威的那把劍。他的手將鞘端的那根帶子穿過劍柄護手的環洞，用力打個死結。鏡頭再搖起，他已經梳洗過，光著胳膊——已經洗過的外袍正晾在廟堂格子門與廊柱間的繩子上。突然，他發現——）

（幾個到廟裡來進香的男女入……）

（魯威一怔。隨即忙亂地返身去扯下那件未乾透的袍子，衝進廟堂內——）

（那幾個香客向廟堂走過來……搖鏡：已披起袍子的魯威迎出。）

香客甲：哦，您是……

魯　威：（吶吶地）嗯……我，我是——

香客甲：是廟祝公公？

魯　威：（隨機應變）是！是是！是本廟的廟祝！（連忙轉容招呼）施主請！

（鏡頭從神壇貢桌拉開：香燭已點上，貢著三牲瓜菓。香客們虔誠地向九天玄女神像禮拜……）

（魯威袖手靜立一旁，目光注視著——）

（貢桌上的三牲貢品。）

（魯威饞涎欲滴地嚥下一口吐沫。）

C.O.

# 第二十六場

景：九天玄女廟內　內景

時：回到現實　日景

人：魯威、秦天尉、周雄

C.I.

（手持酒壺在小酒杯內斟酒。）

魯威的聲音：就這樣，我變成了這座破廟的廟祝！

（手拿起酒杯。魯威望著酒杯自嘲地笑笑。）

魯威：喝的，是陳年老酒；吃的，是雞鴨魚肉！

（鏡頭跟著拉開成全景。秦天尉和周雄坐在原處。）

魯威：（向周雄）來——添一點！

周雄：（擺手）夠了！（有意味地）再喝，待會兒讓人家宰了自己還不知道呢！

（秦天尉的反應。拿著酒杯。）

魯威：（仍抱著一點點希望，對他們二人）怎麼，你們還不肯收手？

（周雄冷冷一笑，將本來就沒喝過的小酒杯擱在階臺上，走出院中。）

周雄：（向魯威把話說穿）好了，你老兄也讓他休息夠了，現在，你總可以走開了吧！

（魯威回頭去望秦天尉。）

（秦天尉頓了頓，一口乾了杯中的酒，然後傲然起立，走出。）

魯威：（沉吟半晌，只好絕望地站起來）好吧，既然然你們一定要拼，那我出去走走好了！

（庭中二人目送魯威轉過隱壁，接著又動手廝殺起來……）

（在這場決鬥中，周雄似乎決心一死，故此戰志昂揚，一開始就凌厲無比；而秦天尉則始終處於被動地位；也許是因為怕消耗體力，作持久戰的打算，所以，形勢上似乎處於下風……）

C.O.

# 第二十七場

景：九天玄女廟外　外景

時：接上場　日景（陰霾）

人：魯威

C.I.

（魯威心情沉重地呆立在廟門外那堆亂碑之前。廟內傳出激烈的打殺聲。一陣狂風掃過，他回過神地抬起頭——）

（他眼睛一亮，發現——）C.O.

# 第二十八場

景：乾河　外景

時：接上場　日景（陰霾）

人：小青、老婆子、轎伕八人、挑伕一人

C.I.

（荒漠的乾河。風沙中，遠處可見轎子正向廟這邊抬過來……）

C.O.

# 第二十九場

景：九天玄女廟外　外景
時：接上場　日景（陰霾）
人：魯威

C.I.
（魯威證實自己沒有看錯，驟然緊張起來。急忙返身入廟內……）
C.O.

# 第三十場

景：九天玄女廟內　內景

時：接上場　日景

人：秦天尉、周雄、魯威

C.I.（秦天尉與周雄正殺得難解難分，魯威急急忙忙跑進來。）

魯威：（伸手制止）不要打了！不要打了！

（他們只好停下手。）

周雄：（遷怒）你他媽的又在攪合甚麼？

魯威：（認真地）有生意上門來了！

周雄：（惡聲）甚麼生意來了？

魯威：（理直氣壯）當然是餵腦袋瓜兒的生意來了！呃——你們可先要弄清楚呀，
你們借我的地方，打歸打，總不見得連我的飯碗都砸掉吧？

（他們兩個人一時聽不懂他的話。）

魯威：（急）來來來，你們跟我出來看——來呀！

（秦天尉與周雄無可奈何地跟他走出去。但，周雄不肯走在秦天尉的前頭。
秦天尉一笑，先走……）C.O.

# 第三十一場

景：乾河　外景

時：接上場　日景（陰霾）

人：小青、老婆子、轎伕八人、挑伕一人

C.I.

（乾河。轎子漸近……）

C.O.

# 第三十二場

景：九天玄女廟　外景

時：接上場　日景（陰霾）

人：魯威、秦天尉、周雄

C.I.

（魯威等三人擠在廟門口，向前面的乾河眺望——）

魯威：看，我沒騙你們吧！（突然失聲驚叫）——哎呀糟啦！

（秦天尉和周雄同頭望魯威。）

魯威：（焦急）院子裡滿地是血，那還行呀！

C.O.

# 第三十三場

景：九天玄女廟內　內景

時：接上場　日景

人：魯威、秦天尉、周雄

C.I.

（魯威將木桶裡的水用力潑到滿是血漬的石板上。秦天尉拿著一把竹枝掃帚在洗刷……）

（魯威急入拱門，提著木桶跑近水井。周雄正猛力搖水井架上的大轆轤，將水從井中提上來……）

魯　威：（急）快呀！快呀！

（秦天尉繼續在刷……）

（魯威急急地提水桶出，將水向血漬多的地方潑去。然後，有點不放心地奔出廟門——又奔回來。）

魯　威：糟了糟了，快到了！

（地面的石板上還有一大片血漬未曾洗刷。）

（周雄提起水桶擱在井沿，喘一口氣，忽然摸摸鼻子——）

魯　威：（也同時發覺）呃——（抬頭望天。失聲笑起來。）

秦天尉：（興奮）老天可真幫忙呀！

（周雄從後院急入院中。）

周　雄：（也有點忘形地笑著叫嚷）嘿！你們看！（抬頭望天，伸出雙手。）

（驟雨傾盆而下……）C.O.

# 第三十四場

景：九天玄女廟外　外景
時：接上場　日景（大雨）
人：小青、老婆子、轎伕八人、挑伕一人

C.I.
（從廟外的亂碑拍過去：可以看見那頂橋子加快步子，向九天玄女廟跑過來——鏡頭急推向那緊隨在轎側的小青。這時，才讓我們看清楚她的臉，明白轎子裡的人，一定是歐陽婉兒。）
C.O.

# 第三十五場

景：九天玄女廟內（後殿柴屋）　內景

時：接上場　日景（大雨）

人：魯威、秦天尉、周雄

C.I.（魯威推著秦天尉和周雄進入後殿的一間柴屋。柴屋的後牆已經坍塌，堆滿了柴草，有門通入灶間。）

魯威：（歉仄地）你們二位暫止委屈一下，反正雨下得那麼大，要打也打不成呀——我出去招呼招呼，把這些香客送走之後，我再請你們好好的吃一頓！

（沒等對方表示意見，魯威已轉身出。現在柴屋內只剩下秦天尉與周雄二人，他們交視一瞥，隨即把頭扭開，各據一角坐下。）C.O.

# 第三十六場

景：九天玄女廟內　內景
時：接上場　日景（大雨）
人：魯威

C.I.
（神殿內：魯威急忙將罩頭向頭上一套，只露出他那幾乎被鬍髭遮沒的臉，然後用快速的動作將一件深灰色的寬袖外袍披起來，一邊跑出去……）
C.O.

# 第三十七場

景：九天玄女廟外　外景

時：接上場　日景（大雨）

人：歐陽婉兒、魯威、小青、老婆子、橋伕八人、挑伕一人

C.I.（一把油紙傘撐開——）

（丫環小青的手撩起轎簾——）

（魯威走出廟門。轎簾啟處，歐陽婉兒躬身出轎。她頭上戴著一頂貴家小姐戴的蓆帽：帽帷前後垂著綉金花的紫羅紗面衣；幾乎看不見她的臉。）

（魯威恭敬地垂首行禮。）

魯威：施主光臨，有失遠迎——請！

（歐陽婉兒由小青攙扶著，經過魯威的身前，入廟——魯威的眼睛，卻貪婪地瞟著——搖鏡：那挑伕挑著的黑底髹金的貢盒。然後再跟上去……）C.O.

# 第三十八場

景：九天玄女廟內　內景
時：接上場　日景（大雨）
人：歐陽婉兒、魯威、小青、老婆子

C.I.
（魯威急搶前引領他們經過院子，入神殿……）
（鏡頭從神壇上九天玄女的金像緩緩拉開：貢案上已擺好三牲貢品。歐陽婉兒肅立壇前；魯威幫助小青點好香燭。）

（鏡頭從歐陽婉兒的耳側向前仰攝：因為她的臉被半透明的金花紫羅紗面衣遮著，所以只能從這個角度略為看到她面部的側影——她虔誠地注視著九天玄女的金像。）

（九天玄女金像。推鏡成臉部大特寫。）

（特寫：歐陽婉兒的手緩緩的伸到顎下，拉鬆蓆帽的帶子，將蓆帽脫下——）

C.O.

# 第三十九場

景：魯威居所　內景

時：十年前　夜景

人：歐陽婉兒、魯威、丫環

C.I.（歐陽婉兒除了蓆帽——神色惶亂。）

（在魯威的居所內。魯威慌忙趨前捉住歐陽婉兒的雙手。是十年前的那個晚上……）

魯　威：（緊張）小姐，妳怎麼可以到這兒來？

歐陽婉兒：（真誠頓）我非來不可！我爸調你去雁門關，我知道他安的不是好心——他主要的是要分開我們！

魯　威：（悔恨）我知道，這件事遲早總會發生的！

歐陽婉兒：（急切地懇求）魯威！帶我走！我們馬上就走！到一個他們找不到我們的地方！

魯　威：（吃驚）妳是說——私奔！

歐陽婉兒：（軟弱）帶我走！我不要你離開我！

（說著，她緊緊的偎倚著他，將頭深深的埋進他的懷裡，悲泣起來。魯威一時百感交集，愛撫著她的頭髮，無從勸慰。）

歐陽婉兒：（喃喃地哀求）魯威，帶我走！帶我走！

魯　威：（完全沉浸在自己的思想裡，生硬地）不！我不能那樣做！

（她震驚地揚起頭，駭然注視著他。）

魯　威：（直視前面，莊嚴地）我怎麼能夠對主公不忠不義——我怎麼能辜負他！

歐陽婉兒：（害怕起來）難道你不愛我？

魯　威：（深情地望著她那迷惘的眼睛）小姐！妳知道我愛妳！可是，我只是一個卑微的內府親衛……

歐陽婉兒：（真誠）我不在乎你的身分！

魯　威：我知道。

歐陽婉兒：那你還猶豫甚麼——我們走！今兒晚上不走，就沒機會了！

魯　威：（昏亂）要是——

歐陽婉兒：（堅定）要是死？我也要跟你死在一起！

魯　威：不！妳先聽我說……

（門響。二人急回頭望——）

（門略開，丫環垂首立門外。）

丫　　環：（緊張）小姐，快走，有人來了！

（他們對望一下——突然互相緊抱住對方。）

魯　　威：（痛惜地）小姐……

歐陽婉兒：（又急急地推開他，叮嚀）記著，今兒晚上，不管你去不去，我都在乾河九天玄女廟等你！

C.O.

# 第四十場

景：九天玄女廟內　內景

時：回到現實　日景（大雨）

人：魯威、歐陽婉兒、小青、老婆子

C.I.

（鏡頭緩緩推向九天玄女金像的臉……）

歐陽婉兒的聲音：（淒痛地）可是，他沒有來！

（歐陽婉兒虔誠而哀傷的臉。）

歐陽婉兒：他一直沒有來！

（魯威一怔，微向下望——）

（神壇前：歐陽婉兒居中，跪在蒲團上；魯威和小青立在她的後側。那老婆子現在站在殿門外的廊上。）

歐陽婉兒：（悲抑地垂下頭，哽咽地）他永遠不會再回來了！

（小青瞟魯威一眼。）

魯　　威：（遲疑一下，移身向前，低問）小姐，您是不是想要問『行人』？

（歐陽婉兒低頭強自抑制，不讓自己哭出聲音。）

（於是，魯威前去，在長案上拿下那隻有一尺高的竹籤筒，遞到歐陽婉兒的面前。）

魯　　威：就請小姐求支籤問問吧！

（小青連忙上去接過籤筒，再交到歐陽婉兒的手上。）

（歐陽婉兒捧著籤筒，抬起淚眼向上望——）

（九天玄女金像。）

（歐陽婉兒閉眼默禱，然後一下一下的震晃著籤筒。）

（籤筒的特寫。）

（魯威突然發現——）

（鏡頭從魯威視線的角度向歐陽婉兒拍攝：她那震晃著籤筒的左手手腕上，有一隻翠綠的玉鐲在她的袖口跟著手的動作一下一下出現——急推鏡。手的特寫：那玉鐲一下一下入鏡……）

（鏡頭以她的手和玉鐲作前景。再急推向魯威驚詫的臉。）

（一支竹籤從一簇竹籤內跳出——）

（歐陽婉兒的反應。）

（竹籤落在地上。小青的手入鏡拾起，再將竹籤送到魯威的面前——他仍在發呆。）

小　青：師父！籤求出來了！

魯　威：哦……（無意識地接著那支竹籤。）

（歐陽婉兒微微回眸——）

小　青：（再大聲一點）師父！

魯　威：（驚覺）啊——

（他錯愕地向牆角那掛滿了黃紙籤條的籤牌走去。）

（他站在籤牌木架前，望竹籤上的號數，然後伸手去——）

（鏡頭跟著他的手指：第三排第六格，一頓，然接再移過到第七格——它將第三十七籤的籤條撕下。）

（鏡頭微抑攝：歐陽婉兒接過遞進畫面來的那張四寸長、一寸半寬的黃色紙條。她仔細地讀籤文。）

（籤條的特寫：籤文是用粗拙的木刻以黑墨印出的，外加黑框。籤眉上有『玄女靈籤』四字；下面：右邊有『第三十七籤下下』七字；左邊的籤文偈語共四句，每句四字，分二行排列。文曰：『神女悽悽，襄王無依，巫山難見，日暮春遲』）

歐陽婉兒的聲音：（以清越的聲音讀出籤文）神女悽悽，襄王無依，巫山難見，日暮春遲。

（歐陽婉兒震駭地抬起眼睛。）

魯　威：（試探）不知小姐想問甚麼？

歐陽婉兒：一個人。

魯　威：男人？

歐陽婉兒：（坦率）我的愛人！

（魯威的心一陣痙攣，使他驟然顯得孱弱起來。）

歐陽婉兒：（存著一線希望）他還活著嗎？

魯　　威：（不假思索地）——死了！

（歐陽婉兒猛然回頭望站在她後側的魯威。）

（由於背著光，而且神殿內光線黝暗，因此魯威那在罩帽裡露出的臉，只隱約看見那雙凝著淚光的眼睛在朦朧中閃爍。）

歐陽婉兒：（非常認真地）他真的的死了？

魯　　威：（逃避地垂下眼睛，瘖啞地）照籤上說，他已經死了好多年了！

（歐陽婉兒悽痛地閉起眼睛，緩緩回過頭……）

（魯威愧疚地抬眼望——）

（歐陽婉兒略頓，陡然起身，匆匆的用細碎的腳步向殿門走去……）

小　　青：（惶然追上去）小姐！那麼大的雨，妳——

（歐陽婉兒已經下了石階，走進雨中。那老婆子這才急忙打傘追出去……）

（魯威像座石雕似的矻立原處，失神地瞪著地面。）

（魯威的姆指，在那竹籤上摸動。那籤頭刻的字，是『第三十六籤』——不是三十七！他的姆指移開，有『上上』兩個紅字。）

（魯威的嘴角浮出一絲淒涼而苦澀的笑意，又像是在嘲弄著甚麼似的，帶有點冷酷的意味。）

C.O.

# 第四十一場

景：九天玄女廟內（後殿柴屋）　內景

時：接上場　日景（大雨）

人：秦天尉、周雄

C.I.

（柴屋的木格窗：簷雨不止。）

（周雄焦燥地站在木格窗前，對窗外望。）

（秦天尉雙手柱劍，正襟危坐在另一角的木凳上。）

秦天尉：（懇切）周兄，我們非要打下去不可嗎？

（周雄遲疑片刻，回轉身來。）

周　雄：（正色）不打也可以！但是有條件。

秦天尉：你說，只要我辦得到。

周　雄：（斬釘截鐵）你馬上離開這裡，不許再回來！

秦天尉：（笑了。起立，平靜地）那不是太強人所難了嗎？

周　雄：既然你不能接受，那只好看——是你殺了我，還是我殺了你！

秦天尉：（帶點輕蔑的意味）你像是很有把握可以打贏我似的！

周　雄：（虔誠）正好相反：我覺得，如果我輸了，那我就是為『愛』而死！死而無憾！

秦天尉：（調侃）你這種『愛』，也實在太偉大了！

周　雄：（針鋒相對）至少，它不骯髒，不卑鄙。

（秦天尉的臉色驟然陰暗起來。）

秦天尉：（用力抓緊劍把）你要知道，我對你容忍，是有限度的！

周　雄：我已經告訴過你，我是來求死的！

秦天尉：（決然）好！我成全你！

周　雄：（迫不及待）——走！

秦天尉：（讓開一點）你先請！現在我可沒膽量走在你的前面！

周　雄：（輕笑）你很聰明！我先走好了！

秦天尉：慢著，知道外面的事兒完了沒有？

周　雄：（詛咒）去他姥姥的！（急出）C.O.

# 第四十二場

景：九天玄女廟內　內景

時：接上場　日景（大雨）

人：秦天尉、周雄、魯威

C.I.（周雄領前從後殿通外廊的側門出，但他的腳步馬上就慢了下來。他發現——）

（魯威意態沉鬱地坐在廟堂的門檻上，臉向著院子，左手抓著一隻瓦酒瓶，在喝悶酒。）

（周雄頓了頓，隨即急步走下院子，反身傲立在雨中。）

（秦天尉經過魯威跟前時，向神殿內望望。）

秦天尉：（關切地向魯威發問）老兄，怎麼啦？

（魯威根本沒理會他，又灌了一大口酒。）

周　雄：（在雨中大喊）呃，姓秦的——你是怕雨還是怕死呀！

（秦天尉望外面的雨，踟躕起來。）

周　雄：（不耐煩）快呀，還是磨咕甚麼！

（魯威那雙陰鬱的眼睛一瞇，露出一種令人戰慄的光芒——他陡然放下手上的酒瓶和杯子，一抓劍，站了起來——）

魯　威：（用重濁的聲音向雨中的周雄作個手勢）上來上來！

（周雄蹙起他那濃黑的眉毛，厭惡地瞠視著魯威。）

魯　威：（上前一步，威嚴地厲聲警告）在我的地方，就得依我的規矩！要是惹惱了我——你們兩個都沒命！

（秦天尉警戒地退開半步。周雄不動。）

魯　威：（惡聲惡氣）上來！我說過要好好請你們吃一頓的！（說完，逕自返身跨入廟堂內。）

（周雄使性地噴掉流進嘴裡的雨水，無可奈何地走上石階，到鼓架的橫槓上坐下來；他仍狠狠的瞪著秦天尉，任由頭髮上的雨水在臉上淌滴……）

（魯威將剛才貢祭過的食物從廟堂內捧出來……）C.O.

# 第四十三場

景：乾河　外景

時：接上場　日景（大雨）

人：歐陽婉兒、小青、老婆子、轎伕八人、挑伕一人

C.I.

（鏡頭從石灘間湍急的小流緩緩搖起：轎子在雨中向回程的方向行進……）

（轎伕穿著草鞋的腳……）

（小青和老婆子頂著油紙傘，彎身緊靠著轎子後側行走……）

（轎內：歐陽婉兒失神地張著那雙深邃的眼睛，身體隨著轎子晃動……）

（她的右手無意識地在左手的腕上撫摸——手指觸到那隻玉鐲。）

（她突然想起——）

（插入鏡頭。魯威將籤條遞過來的手。）

（插入鏡頭。十年前水榭裡：她伸手去捉住魯威按在劍柄上的手，將它緊貼到自己的臉頰上……）

（歐陽婉兒臉部的大特寫。她沉浸在那個美好的回憶裡——鏡頭突拉開：她在轎子內。於是她驚慌起來，回頭望——）

（主觀攝影：鏡頭從轎內向後面的小窗搖——透過那半透明的紗簾，可以看見那兩名轎伕在雨中抬著轎子前進，後面跟著四名替換的轎伕……）

（歐陽婉兒急回頭，伸手去撩前面的搭簾——）

（中遠景：轎子在前進。小青忽然上前幾步和轎內的主人說甚麼，然後吩咐轎伕停下。接著小青和老婆子湊到前面去；那些轎伕索性一起躲到轎後蹲下來避雨……）C.O.

# 第四十四場

景：九天玄女廟外　外景

時：接上場　日景（雨歇轉晴）

人：（空鏡）

C.I.

（九天玄女廟外的門樓簷角：左邊的天上幾塊烏雲堆中漏出陽光，天邊已經明朗起來了；驟雨過……）

C.O.

# 第四十五場

景：九天玄女廟內　內景

時：接上場　日景（轉黃昏）

人：秦天尉、周雄、魯威、歐陽婉兒

C.I.

（屋簷滴水的大特寫。）

（周雄仰頭入神地向屋簷望的大特寫。有竹筷敲碗的聲音，他回頭望——）

（竹筷子敲碗的大特寫。鏡頭拉開成全景。魯威、秦天尉和周雄在廟堂外廊上；魯威已有醉意，正坐在廟堂高高的門檻上，一邊用竹筷敲著酒碗，一邊在含糊地哼著一首蒼涼的民歌。他的面前已一片狼藉；秦天尉坐在左邊，周雄仍然坐在右邊的鼓架上，面前那碗食物根本沒動過，他一手拄劍，一手拿杯擱在膝上。）

（魯威閉著眼睛，敲碗而歌，在發洩心頭的積鬱……）

魯　威：那年他上馬走河西

經過一片一片高粱地

小娘子咬著那綉花手絹兒

盼呀盼　盼呀盼

雁羣都飛過去了

那沒長心的冤家啊

他……

魯　威：（像是在生自己的氣）他，呃——怎麼忘了！（向他們問）後面怎麼唱來著？

（秦天尉原來低著頭，在想甚麼心事。現在抬起頭，有點茫然。）

（周雄放下杯子，站起來。）

魯　威：（想將那首歌接下去）他媽的！那沒良心的冤家啊他——

周　雄：（大聲）好啦，雨停啦！（向秦天尉）怎麼樣？再不解決，太陽都快要落山嘍！

（魯威沒理會他們，仍一心一意想將這首歌唱完。秦天尉不響，非常穩重地站起來，他整理了一下袖口，然後先走下院中。周雄跟在他後面。他們在院中對立，秦天尉『唰』的一聲，拔劍——）

（魯威仍閉著眼，反反覆覆的哼著那句『那沒良心的冤家啊』……）

（周雄用一種極其莊重的動作緩緩抽出那寒光四射的利劍——隨手將劍鞘扔到一邊。）

（劍鞘落地的聲音將魯威弄醒。他張開眼睛——）

（院中決鬥的人舉劍為禮，各自做出預備的姿勢……）

魯　威：（嚷起來）慢著慢著！

（決鬥的人向他望——）

魯　威：你們二位身後有甚麼交待的？比方，要通知誰來收屍？或者要怎麼個葬法？

周　雄：（邪惡地笑）那就麻煩你把我跟他們扔在一起好了！

魯　威：（向秦天尉）你呢？

周　雄：（搶著替秦天尉回答）他？你就不用費心了——我負責揹他回去厚葬！

秦天尉：（矯飾地）那我倒要先謝了！

魯　威：（與奮起來）對！這才夠勁兒！（起立）你們二位要是不反對，就讓我坐在這兒觀戰，如何？

（秦天尉沒意見。）

周　雄：（皺了皺眉，勉強同意）好吧——不過，請你老兄幫幫忙！

魯　威：幫忙？

周　雄：（乾脆說穿）在我們打的緊要關頭，別再攪合！

魯　威：（爽快）一句話，（大模大樣地張開腿，在石階上坐下來。）你們打，我喝我的酒！

（於是秦天尉與周雄再開始決鬥……）

（在這場生死搏鬥中，秦天尉由於了解目前的情勢，已毫無妥協和避免的餘地，索性心一橫，爭取主動，希望速戰速決；而周雄在交鋒的頭兩回合，就窺出對手的意圖，因此更加提神，仍然採取他的以逸待勞戰略，表面上看來，他一直處下風，而天秦尉則愈戰愈勇……）

（觀戰的魯威開始為秦天尉擔心。）

（周雄故露破綻，秦天尉驟下殺手——）

（周雄滾地再起——發覺左肩負了輕傷。）

（秦天尉不知是計，乘勝節節進逼，勢若奔雷……）

（魯威故意又哼起歌來……）

魯　威：那年他上馬走河西……

（秦天尉一頓——）

（周雄閃身退開。秦天尉厭惡地回頭瞟魯威。）

魯　威：經過一片一片高粱地

（秦天尉浮燥地急步走近魯威，以劍鋒直指他的胸脯——）

魯　威：小娘子咬著那——

秦天尉：（厲聲）你唱個甚麼勁兒！

（魯威眉頭一蹙，面有慍色。不響。）

（秦天尉喘息著，瞪著魯威。）

（魯威毫無表情。）

（秦天尉的呼吸更緊——他自己發覺到了，瞟周雄——）

（周雄氣色平定。）

（秦天尉這才怏怏地收劍。）

魯　威：（岔開）連唱都不許我唱呀？

周　雄：（冷冷一笑，向魯威走近兩步，怪腔怪調）老兄，人家還不領你的情呢！

魯　威：（假裝不懂）甚麼，你以為我幫他？

（秦天尉的反應，有點愧疚。）

魯 威：（作無可奈何狀）好吧，既然『豬八戒照鏡子，裡外都不是人』，那我還是進去睡我的懶覺吧！

（魯威提起酒壺，返身蹣跚地入廟堂……）

（眼看魯威在廟堂內掩上格子門，秦天尉和周雄接著又廝殺起來……）

（現在，周雄的戰略改變了，他開始向秦天尉反擊，決心硬拼。這一下，二人殺得天昏地暗，難解難分……）

（秦天尉到底比周雄技高一著——周雄右臂重傷。）

（周雄劍落。）

（秦天尉趁勢風捲殘葉地橫劍掃去——）

（周雄蹤身躍起——）

（秦天尉避過險毒的暗招——）

（周雄就地一滾，急摸鋼鏢——）

（魯威持劍破門而出——）

（秦天尉一分心——）

（周雄連出二鏢——）

（秦天尉只接其一，肩頭已中標，踉蹌倒地——）

（魯威奔過來。但周雄已竄前伸劍直封仰倒地上的秦天尉的咽喉——）

周　雄：（並不回頭望魯威，斷喝）——站住！

（魯威應聲頓住他在周雄的後側幾步。）

（周雄又露出他那種乖戾的笑意。）

（秦天尉惶駭的臉，目光落在喉間的劍上。）

（魯威屏息而待……）

周　雄：（警告背後的魯威）你最好是別動！你一動，他就沒命！

（魯威進退失據地僵著——）

秦天尉：（悚然）周雄兄，你……

周　雄：（非常嚴肅地）你放心，我不會殺你的！（強調）只要你肯承認，你並

不是真心愛小姐！

（秦天尉的反應。）

周雄的聲音：我就放你一條活命！

（魯威急切地等待著答案。）

秦天尉：（內心在掙扎）我，我是真心愛她的！

周　雄：（一用力，發狠）你再說一次！

秦天尉：（驚怖，嘴角的肌肉抽搐著）我……

周　雄：（威逼）——說！

（魯威的瞳孔一收縮——）

秦天尉：（終於整個崩潰了，他痙攣著，顫聲哀求）你，你放了我！我甚麼都答應你！

（周雄的嘴角露出輕蔑的冷笑。）

秦天尉的聲音：我走！我馬上就走！

（魯威痛心疾首地張著嘴——）

秦天尉的聲音：我求你放了我！放了我！

（秦天尉懦怯地顫慄起來……）

魯威：（陡然粗暴地以撕裂的聲音詛咒）畜牲！你這個畜牲！

（魯威不顧一切地衝上去，一把拉開周雄——）

魯威：（指著秦天尉厲聲命令）你給我乖乖的爬起來！

（周雄困惑的反應。）

秦天尉：（同樣困惑，求援地）你，你不是……

魯　威：（更加激動）我瞎了眼——我一定要親手宰了你！

（秦天尉惶駭地向後退縮……）

魯　威：（咆哮）起來！

（秦天尉昏亂地爬起，轉身向廟堂奔逃……）

（魯威猛力投劍——）

（秦天尉的嘴突然抽搐——）

（周雄駭望——）

（被利劍從背後穿胸而過的秦天尉連人帶劍直插在廊柱上。他的那件朱袍被震落地上，鮮血從他的背上滲湧出來……）

（魯威霎時間失去了所有的力量，他疲憊地垂下頭，劇烈的喘息著。）

魯　威：（瘖啞地揮動著手）你走吧！沒你的事兒了！

（現在，周雄完全醒悟過來。他瞪著魯威的背，激動得渾身顫抖。）

周　雄：（從緊咬的牙縫中迸出聲音）不！我不能走！

魯　威：（仍然在喘息）為甚麼？

周　雄：（痛恨地）因為你！（伸手直指魯威）你就是失蹤了十年的魯威！

（魯威一震——）

周　雄：我沒說錯吧？

魯　威：（魯威急忙轉身。猛搖頭）不！我不是！我不姓魯！

周　雄：現在你否認已經太遲了！

（鏡頭從廟門隱壁那邊向內拍攝：可以看見魯威和周雄對立在院中——歐陽婉兒的裙裾靜靜的從畫面的左角入鏡，停止在隱壁的後面。他們並沒有發覺。現在，魯威從極度的悔恨中扭開頭，像是在逃避甚麼——）

魯　威：請你走吧！剛才來上香的，就是小姐！

周　雄：她？

魯　威：（近乎哀求）快走吧！你還可以追上她！

周　雄：（苦澀地）追甚麼？追上她的愛？她早就已經沒有愛了！

（隱壁後面，歐陽婉兒木然地站著，空虛的目光失落在一個久遠的夢裡……）

周雄的聲音：她只剩下一個空虛的軀殼！

周　雄：（像是在回答）痛苦！悔恨！

魯　威：（彷彿在問自己）我又剩下甚麼呢？

（魯威那釀滿風霜的眼睛緊緊的閉合起來。）

魯　威：（真誠）是的，那晚上我應該到這兒來，帶她走！

周　雄：（同樣的真誠）你現在還可以帶她走！你馬上去——

魯　威：（猛然醒覺，畏怯地）不！不行！

周　雄：（轉容，低促地）為甚麼？

魯　威：（突然迷惘起來）我……

（歐陽婉兒仍然毫無表情。）

（周雄臉上的肌肉被內心的痛苦所扭曲。）

周　雄：（又露出他那特有的冷酷而乖戾的笑意，用很冷靜的聲音說）你——也只有兩條路！

（魯威惶惑的反應。）

周　雄：馬上帶她走！或者（舉劍指魯威）——死！

（魯威驚詫的臉。）

（周雄等待他的回答。）

魯　威：（終於下定決心，低下頭）我願意死！

（歐陽婉兒彷彿根本沒聽到他們這一番話似的，依然呆立在隱壁之前。）

（周雄終於抑制不住地衝到魯威的前面，舉劍要砍——但，當劍從空中向魯威的項間斜落之時，突然被一股甚麼更強烈的力量擋住，劍凝固在這氣氛淒厲的空間。）

（魯威凜然赴死的神態。）

（周雄緊握劍把的雙手在顫抖。突然，他改變了主意，回頭——）

（被劍插在廊柱上的秦天尉。）

（周雄急忙返身走向已死去的秦天尉，用腳抵住他的身體，將魯威那把劍從他的背後猛力抽出，然後回到魯威的前面，將劍塞到魯威的手上——）

周　雄：（挑釁地）——來吧！

（魯威茫然望著手中的劍。）

周　雄：（狂吼。揮劍作勢）——來！

（魯威緩緩反手將劍把緊握，心一橫，準備向自己頸上刎去——拍攝成慢動作。）

（周雄騰身而起，劍高舉，但他的右腳在空中竟向魯威的手踢去——魯威的劍離手飛開……拍攝成慢動作。）

（歐陽婉兒像遊魂似的漂浮出隱壁……。拍攝成慢動作。）

（周雄和魯威同時發現歐陽婉兒，怔住。）

（歐陽婉兒停止在隱壁前，她那蒼白而憔悴的臉上像是蒙著一層嚴霜。）

（全景：他們三人僵立在院中……）

（魯威注視著歐陽婉兒。）

（歐陽婉兒注視著魯威。）

（周雄沉痛地緩緩垂下頭，望著自己手中的劍。突然，他受到一種力量所鼓舞，堅決地抬起頭，一咬牙，迸出一聲狂嘯，他奔向——）

（周雄奔過魯威，到那棵老楓樹之前，雙手揮劍傾盡全生命的力量向樹身砍下去——）

（周雄的劍砍入樹身之內——）

（——如晴天霹靂，如怒濤澎湃般的管弦樂聲驟起，混合著百人以上的男女和聲合唱，聲音沉厚而又清越；像是在歌頌，在讚美……）

（這棵老楓樹被震得滿樹楓葉盡落……。拍攝成慢鏡頭。）

（周雄被反震得七竅流血。拍攝成慢鏡頭。）

（魯威駭望樹頂。拍攝成慢鏡頭。）

（廟院的全景：滿樹楓葉離枝飄下。周雄的身體緩緩的跪倒，伏在樹根上死去。魯威呆望。歐陽婉兒則保持著原來的姿勢，不動。血紅的楓葉一片片的落在周雄的屍體上，像是也披起了一件『朱袍』……。拍攝成慢鏡頭。）

（半晌，魯威沉痛地回頭望歐陽婉兒。）

（歐陽婉兒深情地望著魯威。）

（魯威漸悪、悔恨，絕望……）

歐陽婉兒：（緩緩地跪下，安詳地）你還是殺了我吧！

（她低下頭。頭巾滑落，赫然露出她那被剪得參差不齊的禿頂。）

（鏡頭急推向魯威的臉：震驚。）

（劍落地上——）

（歐陽婉兒低頭跪著。）

（魯威的臉。）

（最後一片楓葉飄落……）

（魯威突舉頭望天，痛楚地掙扎著，戰慄著，痙攣地張開雙手，發出一種野性的嚎叫，向廟門狂奔而出……。拍攝成慢動作。）

C.O.

# 第四十六場

景：九天玄女廟外　外景

時：接上場　黃昏

人：魯威

C.I.

（魯威發狂地奔出廟門……。拍攝成慢動作。）

C.O.

# 第四十七場

景：荒原　外景
時：接上場　黃昏
人：魯威

C.I.
（魯威以一種超現實的夢幻速度向著鏡頭狂奔，他的背後，是火紅的落日……。
拍攝成慢動作。）
（這是一個很長很長的鏡頭，直至片尾音樂完——停格。『劇終』字幕出。
（景物漸隱……）F.O.

潘壘全集16　PH0134

新銳文創
INDEPENDENT & UNIQUE

# 九天玄女廟

| | |
|---|---|
| 作　　者 | 潘　壘 |
| 責任編輯 | 蔡曉雯 |
| 圖文排版 | 楊家齊 |
| 封面設計 | 蔡瑋筠 |
| 出版策劃 | 新銳文創 |
| 發 行 人 | 宋政坤 |
| 法律顧問 | 毛國樑　律師 |
| 製作發行 | 秀威資訊科技股份有限公司<br>114 台北市內湖區瑞光路76巷65號1樓<br>電話：+886-2-2796-3638　傳真：+886-2-2796-1377<br>服務信箱：service@showwe.com.tw<br>http://www.showwe.com.tw |
| 郵政劃撥 | 19563868　戶名：秀威資訊科技股份有限公司 |
| 展售門市 | 國家書店【松江門市】<br>104 台北市中山區松江路209號1樓<br>電話：+886-2-2518-0207　傳真：+886-2-2518-0778 |
| 網路訂購 | 秀威網路書店：http://www.bodbooks.com.tw<br>國家網路書店：http://www.govbooks.com.tw |
| 出版日期 | 2015年5月　BOD一版 |
| 定　　價 | 240元 |




**Printed in Taiwan**

國家圖書館出版品預行編目

九天玄女廟 / 潘壘著. -- 一版. -- 臺北市 : 新銳文創, 2015.05
面； 公分. -- (潘壘全集 ; PH0134)
BOD版
ISBN 978-986-5716-57-8 (平裝)

854.9 104003894

# 讀者回函卡

感謝您購買本書，為提升服務品質，請填妥以下資料，將讀者回函卡直接寄回或傳真本公司，收到您的寶貴意見後，我們會收藏記錄及檢討，謝謝！
如您需要了解本公司最新出版書目、購書優惠或企劃活動，歡迎您上網查詢或下載相關資料：http:// www.showwe.com.tw

您購買的書名：________________________________

出生日期：________年________月________日

學歷：□高中（含）以下　□大專　□研究所（含）以上

職業：□製造業　□金融業　□資訊業　□軍警　□傳播業　□自由業
□服務業　□公務員　□教職　□學生　□家管　□其它_____

購書地點：□網路書店　□實體書店　□書展　□郵購　□贈閱　□其他

您從何得知本書的消息？
□網路書店　□實體書店　□網路搜尋　□電子報　□書訊　□雜誌
□傳播媒體　□親友推薦　□網站推薦　□部落格　□其他__________

您對本書的評價：（請填代號　1.非常滿意　2.滿意　3.尚可　4.再改進）
封面設計____　版面編排____　內容____　文／譯筆____　價格____

讀完書後您覺得：
□很有收穫　□有收穫　□收穫不多　□沒收穫

對我們的建議：________________________________

________________________________

________________________________

________________________________

請貼
郵票

11466
台北市內湖區瑞光路 76 巷 65 號 1 樓
**秀威資訊科技股份有限公司** 收
BOD 數位出版事業部

…………………………………………………………………………………

（請沿線對折寄回，謝謝！）

姓　　名：________________　年齡：________　性別：□女　□男

郵遞區號：□□□□□

地　　址：____________________________________________

聯絡電話：(日)______________________(夜)______________________

E-mail：____________________________________________